KB068247

바람은 내게 춤추라 하네

바람은
내게
춤추라
하네

MANY WINTERS

낸시 우드 지음
이종인 옮김

RHK
알에이치코리아

당신은 어떤지 잘 알리라.

사람들은 이곳에 찾아와서 인생의 신비를 묻는다.

우리에게 많은 것을 묻지만 그 마음은 이미 굳어 있다.

그들은 우리 아이들에게 귀엽다고 말하지만

내심으로는 참 안된 아이들이라고 생각한다.

그들은 주변을 열심히 둘러보지만 먼지 외에는

아무것도 보지 못한다.

그들은 우리의 춤판에 오기는 하지만

언제나 사진을 찍고 싶어할 뿐이다.

그들은 그저 몇 분 만에 우리에 대해서 알기를 기대하며

우리들의 집을 찾아온다.

진흙과 짚으로 만들어진 우리네 집은 그들에게는

이상하게 보일 뿐이다.

그래서 자신들은 이런 집에서 살지 않아

천만다행이라고 생각한다.

그러면서도 우리에게 삶의 비밀 같은 게 있는 것은 아닌지,

불확실한 의심을 품는다.

우리가 알고 있는 삶의 비밀은

그들이 평생 공들여도 찾아낼 수 없는 그런 것들이다.

비록 그들이 삶의 비밀을 찾아낸다 해도

그들은 그것을 믿지 못할 것이다.

이 말은, 타오스 푸에블로의 한 늙은 인디언이 어느 날 오후 자기 집 지붕 위로 올라가 태양을 등지고 앉아 내게 들려준 말이다. 목면 담요를 몸에 두르고 다니는 그는 머리를 두 갈래로 땋아 내리고, 그가 사는 어도비(진흙 벽돌집)처럼 흙빛을 띤, 주름살 깊은 얼굴을 지니고 있다.

동쪽으로는, 그러니까 푸에블로(인디언 부락) 바로 뒤에는 험준한 타오스 산이 우뚝 솟아 있고, 그 산정에는 블루 레이크(푸른 호수)가 있다. 인디언들은 죽어서 육신을 벗어난 영혼이 그 호수로 간다고 믿는다. 블루 레이크는 타오스 인디언들에게는 신성한 곳이며 동시에 모든 생명의 원천이기도 하다.

서쪽으로는, 늦은 오후의 장밋빛 햇살에 감싸인 리오그란데 계곡이 있다. 백 마일 이상 넓게 펼쳐진 이 계곡은 1598년 스페인 정복자들이 나타나기 전만 해도 타오스의 소유였다. 정복자들이 발을 들인 이래 3백 년 동안 타오스의 땅은 서서히 수탈되어, 처음에는 스페인 사람들이, 다음에는 멕시코 사람들이, 그리고 마지막에는 미국 정부가 이 계곡 일대를 거의 다 빼앗아갔다. 그래도 타오스 인디언은 리오그란데 강 연안의 열여덟 개 인디언 부족 중에서 가장 넓은 땅을 갖고 있다. 비옥하고 아름다운 타오스의 땅은 지금도 백인들이 탐내는 곳이다.

늙은 인디언은 그날 많은 것을 이야기해 주었다. 수도 없이 왔다 가는 계절, 들판에서 씩씩하게 자라는 키 큰 옥수수, 그의 어린 시절과 자상한 어른들에 대한 추억……. 그는 백인에 대해서도 이야기했다. 그는 백인을 믿지도 존경하지도 않는다고 말했다. 그는 백인이 인디언의 일상생활에 자꾸 틈입하는 것에 대해 몹시 걱정하기도 했다.

지난 여러 해 동안 늙은 인디언은 소박하고 심오한 인디언의 생활방식에 대해서 많은 것을 들려주었다. 늙은 인디언으로부터, 그리고 그의 친구들로부터 많은 이야기들을 들으면서, 나는 '삶의 비밀'이라 할 만한 것들을 점차 알게 되었다.

많은 이야기를 들려준 지붕 위의 늙은 인디언과 내가 오랫동안 알고 지내온 타오스 푸에블로 인디언들— 그들의 이름을 여기에 밝히는 것은 그다지 중요한 일이 아니다. 정작 중요한 것은 뉴멕시코에서 8백 년 이상을 살아온 이 부족이 여전히 존재하고 있다는 사실이다. 그들은 과학자나 사회 개량가들을 받아들이지 않았기 때문에 그들의 종교와 삶의 방식을 그대로 간직하고 있다.

홀로 떨어져 지내고 싶어하는 그들에게는 위협이 하루하루 커져가고 있다.
그들로부터 블루 레이크를 빼앗아가지 못한 미국 정부가 블루 레이크에서 푸에블로에 이르는 수도관을 철거하겠다고 위협하고 있다. 새로 나는 도로들, 늘어만 가는 인구와 스키장 등 문명은 타오스 인디언들의 생존을 위험 수위까지 압박하고 있다. 타오스는 과연 이 위기를 무사히 넘길 수 있을까?

그들을 버티게 해주는 한 가지 힘은 언젠가는 백인들이 자멸해 버릴 것이라는 굳센 믿음이다. 백인은 뿌리가 없다고 그들은 말한다. 뿌리가 없으면 사람이나 부족이나 생존할 수 없다. 백인 문명이 스러질 때에도 타오스는 여전히 존속할 것이다. 그들에게 이것은 아침이면 해가 뜨는 것처럼 의문의 여지가 없는 것이다. 어째서 그들은 확신하고 있는 것일까?

백인들은 그것을 맹신이라고 부를 것이다. 그러나 타오스 인디언들은 그것이 삶의 이치라고 말한다. 그들은 자연의 섭리가 막강한 정부나 금전보다 더 강력한 힘을 지녔다고 믿는다. 늙은 인디언은 이러한 믿음을 나지막한 목소리로 들려주었다. 나는 푸에블로 인디언들이 해준 이야기들을 여기에 시와 산문으로 옮겨 보았다. 그러나 단순히 그것들을 언어로 재현再現했다기보다는 그들의 소박하고 풍요로운 삶이 읽는 이들의 느낌 속에 직접 녹아들 수 있도록 언어의 경계를 뛰어넘는 '표현表現'에 힘썼음을 아울러 밝혀두고 싶다.

Nancy Wood

낸시 우드

○

수도 없이 많은 겨울을 난 살아왔다오,
첫눈이 대지를 덮어 주던 그때 이래로.
첫눈은 기나긴 여름과 벗삼아 놀다
피곤해진 대지를 살포시 덮어 주었지.

수도 없이 많은 겨울에 난 물을 가두었다오,
즈문 一千 산의 꼭대기에다.
해와 달이 불어넣은 생명으로
완전한 아름다움을 얻고 태어난 대지는
아직도 온기가 식지 않았지.

수도 없이 많은 겨울에 난 별들을 불어 보냈다오.
별들이 떨어진 곳에는 강이 자라났고
강물은 겨울해冬日의 길을 따라
바다로 흘러갔다오.

수도 없이 많은 겨울에 난 나무들과 잠을 잤다오.
온갖 동물이 다가와 내 가슴 위를 거닐었고
온갖 새들이 날아와 밤의 한기寒氣를 녹이는
나의 입김을 나눠 가졌다오.

수도 없이 많은 겨울을 난 외로운 달과 벗하며 지냈다오,
우리가 부르는 감사의 노래에
귀 기울이던 태양을 그리워하며.

그러면 태양은 잊지 않고
대지를 겨울로부터 놓아 주었지.

수도 없이 많은 겨울을 난 살아왔다오.
녹아 버린 눈 사이로
태초의 꽃봉오리가 수줍게 고개 내밀며
"난 봄의 정령이어요"라고 말하던 그때 이래로.

○
겨울나무는
내 아버지 얼굴의 주름살 같네.
내 젊은 날 인생의 비밀을 찾아 헤매던,
그토록 가 보고 싶어했던
길을 닮기도 했구나.

가지마다 뻗어 있는 더 작은 가지는
헤아릴 수 없이 많은 허탈과 비애로
나를 인도하였지.
날 지탱하기에는 너무도 연약해서
가지들은 모두 부러져 버리고
나는 속절없이 땅으로 떨어지고 말았지.

난 겨울 나무를 보았네,
수많은 길처럼 얽힌 가지를
하늘을 향해 벌리고 있는.
그러나 그 가지 하나 하나에는
뿌리로 회귀하는 꿈을 품고 있었지.

○

넌 물었지,
죽은 이파리가 무슨 쓸모가 있냐고.
난 네게 말해 주었지,
낙엽들은 메마른 땅에 자양을 준다고.

넌 물었지,
추운 겨울은 왜 있는 거냐고.
난 네게 말해 주었지,
새 이파리를 움트게 하려 함이라고.

넌 물었지,
왜 잎들은 그처럼 새파란 거냐고.
난 네게 말해 주었지,
거기에는 생명이 충만하기 때문이라고.

넌 물었지,
왜 여름은 끝나야만 하는 거냐고.
난 네게 말해 주었지,
잎들을 대지로 돌려 주기 위함이라고.

○

동장군冬將軍이 북풍을 타고 내려와
산꼭대기에 엎드리면
세상은 금세 눈으로 뒤덮여 버린다네.
그가 계곡 아래로 손가락을 뻗으면
온 나무의 잎새들이 고개를 떨군다네.
그의 양손이 더듬고 지나간 물은
차가운 얼음으로 변하고 만다네.
그가 입술 사이로 크게 숨을 내쉬면
시냇물은 저 수원水源에서부터 흐름을 멈춘다네.
동장군이 성큼성큼 대지 위를 걸어가면
모든 풀들이 얼어붙고 만다네.
동장군은 몸을 움츠리고 깊은 잠에 빠져든다네,
모두를 그의 품에 끌어안은 채.
동물도
땅도
사람도.

○

애야, 이 세상에 영원한 건 대지밖에 없단다.
사람이 사는 게 무엇인지
간절한 소원이 왜 안 이루어지는지
아직 잘 모르던 내가
우울한 마음으로 말을 걸 제면
대지는 다정하게 대답해 주었지.
우리 아버지들의 눈물이 하늘로 역류하여
햇빛 흐려지던 그 날에
우리 아버지들에게 들려주었던
바로 그 노래로.
슬퍼하지 말라던 그 기쁨의 노래,
희망을 놓지 말라던 그 자중自重의 노래.
겨울 다음에 봄이 오고
죽음 다음에 생명이 온다는 걸
내가 잊어버릴 때마다
대지는 우뚝 일어서서
환히 웃으며 일러 주었지.
애야, 이 세상에 영원한 건 대지밖에 없단다.

○
더러운 것을 보면 아름다운 것이 보이고
집을 떠나 멀리 있으면 다정한 옛친구들이 생각나지.
소음으로 가득 차 있을 때에는 방울새의 노래를 들으며
군중들 속에서는 산속의 정한靜閑을 느낀다네.
비탄의 겨울에는 환희의 여름을 회상하고
외로운 한밤이면 고마운 한낮을 숨쉬지.
그러나 슬픔이 담요처럼 내 몸을 덮어 오면
난 저 높은 곳으로 눈길을 돌린다네.
내 안 깊숙이 숨겨진 것이 거기 어릴 때까지.

○

우리의 믿음은 이렇다오.

우리 모두의 어머니는 대지이고,

아버지는 태양이며,

할아버지는 창조주라오.

창조주께선 우리의 마음을 씻겨 주고

만물에 생명을 주셨지.

우리의 형제는 모든 짐승과 나무들,

우리의 자매는 날개 달린 모든 새,

우리는 대지의 아이들이라오.

그래서 대지를 소중히 여기지.

우리는 아침마다 떠오르는 태양을 경배하고

창조주 할아버지를 찬미하지.

우리는 똑같은 숨을 나누어 마신다오.

짐승도

나무도

새들도

인간도.

○

우리의 대지는 평화롭습니다.
황금빛 햇살에 멱을 감고 있으니까요.
햇살은 모난 것을 갈아 내어
부드럽게 만들어 주는 힘을 지니고 있지요.
우리들의 눈에는 늘 햇빛이 어리어 있어
시계視界는 언제나 나른하답니다.
그리하여 흐린 날에만 잘못을 짚어 내지요.
겨울에도 우리의 대지는 위안을 줍니다.
이 땅의 오르내림은 너무도 부드러워서
지평선 끝까지 땅을 좇다 보면
어느덧 눈꺼풀이 무거워집니다.
하늘을 향해 팔을 벌리고 있는 나무들은
여기저기서 달콤한 잠을 자고,
우리의 들판과 말들도
이곳저곳에서 평화롭게 잠들어 있지요.
우리가 이토록 대지를 사랑하는 것이 이상한가요?
우리는 대지의 맥박에 맞추어 춤추고
대지의 리듬에 따라 숨을 쉰답니다.

○

겨울이 움켜쥔 손을 내밀어
태양에게 손바닥을 내보일 때,
강의 단단한 얼음이
봄의 혀가 될 때,
나는 대지로 돌아가야 하리라,
내 생명의 원천을 알아내기 위하여.

지난 가을의 추억을 안고 스러진 낙엽이
지천으로 깔려 있는 그곳에서
난 대지의 가슴 위에
얼굴을 파묻고 엎드려 본다오.
그러면 촉촉하게 젖은 대지의 숨결과
무구無垢한 신록의 태동이 느껴진다오.

내 손가락이 부드러운 흙에 닿는 순간
전생의 죽음과 생명의 소리가 전달되어 오네.
몸 풀며 깨어나는
대지의 나직한 신음 소리도 들리지.
나뭇가지를 깨물면
저 먼 죽음으로부터 환생한
나무의 숨결이 느껴진다오.

난 흙으로 몸을 덮어 본다네.
그리하여 아직 내게 숨이 붙어 있을 때
내 생애의 계절이
얼마나 아름다운가를 다시금 느껴 보는 것이지.

○

내 얼굴이 나의 크나큰 회의懷疑를 감추듯이

대지의 살갗은 자신의 불완점함을 감싼다네.

내 영혼이 인간의 잔인함으로 피를 흘렸듯이

대지의 메마른 균열은 그 역시 피를 흘렸다는 증거라네.

그러나 대지는 스쳐 지나는 시간의 손길에

일그러진 얼굴을 맡기어 스스로를 치유해 왔다네.

이제 내 얼굴을 쩍쩍 갈라 놓은 태양만이

내 상처를 치유할 수 있으니

나는 더욱 대지를 닮아갈 수밖에.

○

이 두 손으로
날개 꺾인 새를
잡아 보았지.
이 두 손으로
해바라기 하고 있는
아이들을 쓸어 주었어.
이 두 손으로
살아 숨쉬는 흙을 움켜쥐고
집도 지었지.
이 두 손으로
사래 긴 옥수수밭을
갈기도 했고.
이 두 손으로
나 자신을 지키려고
사람 죽이는 법도 배웠지.
이 두 손은
내 영혼의 도구道具
내 분노의 전사戰士
내 자아의 한계限界
나와 함께 늙은 이 두 손으로
그리운 세계를 보듬기 위해
손을 내뻗을 때마다
두 손 안에 잡히는 건
강철같이
차가운
낯선
벽.

○

이 나이에 이르러 되짚어보니
내 인생에서 기억나는 건
소소한 자갈이 아니라
둥글고 커다란 바위라네.
지나간 생애에 고통도 겪었지만
상처는 절로 아물어
이제 난 해마다 신록으로 자신을 뒤덮는
나무가 되었다네.
슬픔 위를 거닐 때도 있었건만
지금 내가 기억하는 것은
나른한 가을 햇살.
물론 인생을 비참하게 만드는
사건들도 있었지.
하지만 세상에서 들려오는
수많은 상실의 노래에는
귀 기울이지 않았어.
오히려 들판과 냇물을
자식처럼 키우는 대지로
나가 보는 걸 더 좋아했어.
그러면 대지는
내 노래의 완전함을
메아리로 화답해 주었지.

○

햇님이 수줍게 눈을 감으면
하늘은 잠이 들어 흔들흔들
달님이 반쯤 핀 얼굴로 떠오르면
별들은 밤의 궁륭에 구멍을 뚫네.

○

나이 들어 보니 이제 알겠네.
내 사라진 청춘이 어디에 숨어 있는지.
언제나 젊어지기만 하는 불확실한 지혜,
그곳에 청춘이 있었네.

○

너희는 내 웃음의 아이들.
달님이 매일매일 얼굴을 바꾸고
무지개가 둥그렇게 떠오르는 것은
모두가 너희들 때문이지.

너희는 내 희망의 아이들.
힘든 행로가 우회하여 돌아가고
대지가 가문 계절을 버리는 것도
모두가 너희들 때문이지.

너희는 내 자유의 아이들.
독수리가 양 날개를 활짝 펴고
바람이 들판을 밤낮없이 내달리는 것도
모두가 너희들 때문이지.

너희는 내 아름다움의 아이들.
새들이 노래를 멈추고
꽃과 함께 눈이 떨어지는 것도
모두가 너희들 때문이지.

○

내 인생은 한바탕의 춤.
맨발로 대지를 느끼던 젊은 시절에
내 발놀림은 빠르고 자연스러웠지.
대지의 맥박은 너무도 크게 울려와
내 북은 침묵을 지켰지.
내 인생은 발 아래 길게 펼쳐졌어
눈길이 다 닿을 수 없이 드넓은 대지처럼.
내 인생의 리듬은 순수와 자유.
나이를 먹을수록 내 춤은 격정에 넘쳐
대지에 자국을 남기고 하늘에 구멍을 내었지.
내가 태양과 비를 향해 춤을 추면
달은 나를 들어올려
별들과 춤을 추게 해주었어.
내 머리는 가끔 구름을 치받고
내 발은 땅속 깊숙이 파고들었지.
나는 가는 곳마다 음악이 되어 춤을 추었어.
그것은 인생의 음악이었지.
이제 내 발놀림은 굳어지고
내 몸은 뜻대로 움직여 주질 않아.
그러나 춤은 아직도 내 안에 있고
노래는 내가 숨쉬는 공기 속에 있네.
내 노래는 하늘과 땅의 모든 것에 리듬을 맞추어
내게 영원토록 춤추라 하네,
난 결코 죽지 않을 거라 하면서.

○

오늘은 죽기 좋은 날.
모든 생명체가 나와 조화를 이루고
모든 소리가 내 안에서 합창을 하고
모든 아름다움이 내 눈 속에 녹아들고
모든 사악함이 내게서 멀어졌으니.

오늘은 죽기 좋은 날.
나를 둘러싼 저 평화로운 땅
마침내 순환을 마친 저 들판
웃음이 가득한 나의 집
그리고 내 곁에 둘러앉은 자식들.

그래, 오늘이 아니면 언제 떠나가겠나.

○

애야, 네 눈에서 비가 내리면
내일 새벽은 어둡게 동 터 온단다.
네 미소에 그늘이 져 있으면
태양은 하늘에서 검은 열매가 되지.
네 등이 공포로 축축히 젖는다면
밥 짓는 연기는 너를 따라오지 않을 거야.
네 노래에 원한이 묻어 있다면
나무들은 네게 화답해 주지 않을 거란다.
넌 우리가 화살처럼 꺾어 버린 악몽을 꾸게 될지도 모르고
숱한 비애로 뒤덮인 우리의 역정을 만날 수도 있단다.
애야, 하지만 너무 걱정하지 말아라.
대지가 네 안에 살아 있다면
너의 피로 대지의 뿌리를 적실 수만 있다면
넌 나무들처럼 키가 자랄 것이고
달님도 네 용기에 미소를 보내줄 테니.

◯

만약 오늘에야 터득한 모든 지혜를
이전부터 알고 있었다면
난 한평생 노인처럼 살았겠지요.
흘러가는 청춘말고 두려워할 건 아무것도 없어,
그렇게 말하는 노인들처럼.
그렇다면 그게 무슨 재미이겠습니까?
실수라는 건 저질러 보지도 않았을 텐데요.
차라리 난 이대로가 더 좋아요.
이제 난 청춘이 다시 왔으면 하고 바라기도 하지요.
노년이란 무엇이겠습니까?
비가 없어도 푸르른 들판이 얼마나 풍요로웠던가를
추억하는 일, 그거 아니겠어요?

○

기나긴 인생의 역정에서
나는 시간으로 몸을 덮었네.
그래. 시간을 켜는 담요처럼 나를 덮었지.
내가 그대에게 무엇을 말할 수 있으리?
아무 데도 간 적이 없는데
모든 곳을 다 가 보았다는 것 외에.
내가 그대에게 무엇을 말할 수 있으리?
내가 떠나지도 않은 여행이
이제 끝나가고 있는 것 외에
과거의 내 안에도
현재의 내 안에도
이런 것들이 있었네

내 안에 어린 소년이 있어
동쪽으로 여행을 떠났네.
그때 독수리가 나를 따라와
높고 넓게 보라고 가르쳐 주었어.
독수리는 멀리 날아가며 이렇게 말했어.
높이 날아야 할 때가 있는 거야.
그래야 너의 좁은 세상을 너무 소중히 여기지 않을 테니까.
네 시야를 하늘로 돌려야 할 때가 있는 거야.

내 안에 어린 소녀가 있어
서쪽으로 여행을 떠났네.

그때 곰이 나를 따라와
내면을 들여다보라고 가르쳐 주었어.
곰은 떠억 버티고 서서 이렇게 말했어.
혼자 있어야 할 때가 있는 거야.
그래야 친구들의 겉치레에 홀리지 않을 테니까.
네 자신이 홀로 평화로워야 할 때가 있는 거야.

내 안에 늙은 남자가 있어
북쪽으로 여행을 떠났네.
그때 들소가 나를 따라와
지혜를 가르쳐 주었어.
들소는 사라지면서 이렇게 말했어.
아무것도 믿지 말아야 할 때가 있는 거야.
그래야 네가 엿들은 것을 말하지 않을 테니까.
침묵해야 할 때가 있는 거야.

내 안에 늙은 여자가 있어
남쪽으로 여행을 떠났네.
그때 들쥐가 나를 따라와
나의 한계를 가르쳐 주었어.
들쥐는 땅에 납작 엎드리면서 이렇게 말했어.
작은 것에 위안을 느껴야 할 때가 있는 거야.
그래야 네가 한밤중에 소외감을 느끼지 않을 테니까.
먹을 게 벌레뿐이라도 만족해야 할 때가 있는 거야.

그래. 이건 옛날부터 전해 온 삶의 방식이고
앞으로도 계속될 거야.
독수리와
곰과
들소와
쥐가
사방에서 다가와
내 인생의 원을 그리는 데
함께해 주었지.

나는 독수리야.
저 작은 세상은 나의 삶을 비웃지.
그러나 위대한 하늘만은 불멸을 꿈꾸는 나를
가슴에 품어 준다네.

나는 곰이야.
깊은 고독 속에서 바람을 닮아 가지
난 입김으로 구름을 불어 모아
친구들의 초상을 만든다네.

나는 들소야.
내 목소리는 입 안에서 메아리치네.
난 삶에서 배운 모든 것을
내 불꽃의 연기와 나누어 가진다네.

나는 들쥐야.
내 삶은 내 코 바로 밑에 있지.
지평선을 향해 여행을 떠날 때마다
내가 발견하는 건 작은 구멍 하나.

○

나무를 찍어 넘어뜨리고
그 나무의 죽음에 용서를 구하던
내 아버지의 손이 기억납니다.
꽃의 비의秘意를
내게 헤쳐 보이던
내 어머니의 손이 생각납니다.
토끼를 사냥하고
나중에 자라서는 노루를 잡은
내 형의 손이 떠오릅니다.
언 땅을 후벼 파서
새로 움튼 나무를 찾아내던
내 누이의 손이 생각납니다.
인생의 산으로 이어지는 길을
가르쳐 주었던
내 할아버지의 손이 기억납니다.

○

기억하고 있니?

우리의 땅이 달콤한 내음들로 뒤덮였던 때를.

기억하고 있니?

우리의 옥수수들이 무럭무럭 자랐던 때를.

기억하고 있니?

만물이 풍요롭고 아름답던 때를.

아니,

서글프게도 그 모든 것들이 기억나지 않아.

텔레비전이 우리의 상상력을 망가뜨렸나 봐.

난 구름을 보며 독수리와 사자를 눈앞에 그리곤 했었지.

이제는 구름을 보면 자동차가 떠올라.

나의 개는 말할 수 없으니 컹컹대고

나의 말은 웃을 수 없으니 히히힝거리고

나의 양은 울 수 없으니 매애거리지.

닭은 삐길 수가 없으니까 꼬꼬댁하는 거야.

그렇지만 나의 고양이는 그저 잠만 자.

너무 늙어서 투덜거리지도 못하거든.

○

겨울마다 아버지는 조랑말을 타고 나가 들소를 잡았다. 그때
만 해도 들소는 자유롭게 들판에서 뛰놀았다. 그러나 곧 남획
의 시절이 닥쳤고 들소는 오래 버티지 못했다.

아버지는 들소를 죽인 뒤에 아직도 따뜻한 온기를 간직하고
있는 간을 날것으로 먹었다. 간은 그렇게 먹어야 최고라고 하
면서.

아버지는 양손을 들소의 몸 안으로 집어넣어 손을 따뜻하게
했다. 그런 다음 들소 껍질을 벗기고 고기를 잘라 냈다. 정말
들소는 버릴 게 하나도 없었다. 아버지는 고기를 집으로 가져
와 천장에 매달려 있는 갈고리에 꿰어 놓았다.

우리는 겨울 내내 먹을 고기가 충분했다. 고기를 마련하는 데
에는 단 한푼의 돈도 들지 않았다. 게다가 우리에겐 수렵 면
허 따위도 필요없었다.

○

그대여, 그대 자신의 존재를 알고 싶은가.
그렇다면 혼자 들판에 나가
울부짖는 바람에 몸을 내맡겨 보라.

그대에게 정말 필요한 것은
사람의 정이 주는 온기뿐.

바람은 그렇게 말하고 있지 않은가.

○
우리는 그렇게 중요한 존재가 아니에요.
우리의 삶이란 그저 가느다란 실.
시간 속에 연면히 흐르는
생각을 이어 주는 그런 것이죠.

○

우리에게는 언제나 종교가 있었다. 우리는 신을 믿었고 우리 방식대로 그를 경배했다. 1598년 스페인 사람들이 이 땅에 나타나 신은 인간이며 구름 위의 어딘가에서 산다고 말하기 시작했다. 그리고 신의 아들이 이 세상에 내려와 살았다는 말도 했다. 그 아들은 우리를 구원하기 위해 아주 끔찍한 죽임을 당했으며, 그 때문에 우리는 그를 경배해야 한다고 했다.

그런 얘기는 우리에게 아주 이상한 것이었다. 우리는 바위, 나무, 하늘, 그리고 신이 있고 싶은 곳 어디에든 신은 존재한다고 믿기 때문이었다. 우리는 태양을 우리의 아버지로, 대지를 우리의 어머니로, 달과 별을 우리의 형제로 여겼다. 우리는 스페인 사람들이 여기 나타나기 전까지 신을 인간으로 생각해 본 적이 없었다. 갈색 옷을 입은 선교사들은 십자 모양의 막대기와 기도서, 머리에 뿌리는 물을 가지고 여기저기 돌아다녔다.

그들은 우리가 세례를 받았기 때문에 그들의 종교에 소속되었다고 말했다. 우리들 가운데 어떤 사람은 선교사들을 신으로 잘못 알기도 했다. 또 어떤 사람은 그들의 종교가 너무 무서워 싫다고 저항하기도 했다. 그래서 더러는 매를 맞았고 더러는 죽임을 당하기도 했다.

결국 우리는 마을 외곽에 무슨 교회가 들어서든 상관없다고 생각하기로 했다. 우리가 정말 소중하게 여기는 교회는 늘 우리 안에 있으니까. 우리의 교회는 저 바깥에 있는 모든 교회가 사라지고 난 뒤에도 오랫동안 우리 마음속에 남아 있을 것이다.

○

바위는 나를 강하게 하네.
나를 뚫고 내달리는 강은
나를 맑게 해주고
먼 불빛을 향해
한적한 곳을 향해
나아가라고 말하네.
그곳에서 나는 한 줄기 연면한 흐름,
하나의 여름 노래가 될 수 있으리.
당신이 내게 가르쳐 주신 대로.

○

세상의 가혹한 숨결이 나를 덮쳐올 때,

내가 그 길에 너무 오래 머물렀음을 알았을 때,

그래서 내 길마저 불타 버릴 것 같을 때,

난 대지로 돌아가겠네.

그리하여 큰 바위 위에 앉아 쉬고 있는

독수리를 찾아가겠네.

산꼭대기로 올라가

강이 시작되는 샘을 찾아내겠네.

대지에 조용히 누워

그 심장의 온기를 느껴 보겠네.

시선을 하늘로 돌려

구름의 비밀을 알아내겠네.

그러면 괴로움은 멀리 떠나고

모든 아름다움을 앗아갔던 가혹한 숨결은

나를 지나쳐 이내 사라져 버리리.

○

내가 반쯤 강이 되어 돌아다녔더니
내 강물은 결국 아무 데도 가지 못했네.
내가 그림자 없이 돌아다녔더니
내 몸은 홀로 해 안에 남아 있었네.
내가 뿌리 없는 나무처럼 돌아다녔더니
대지는 나를 알아보지 못했네.
내가 날개 없는 새처럼 돌아다녔더니
하늘은 나를 기억하지 못했네.
나는 천둥 없는 번개
빗물 없는 꽃
봄의 이방인.
그리하여 겨울이 나의 거처가 되었네.
드디어 나의 여름이 왔다네.
그녀는 나의 지는 해에 달이 되어 주었네.
그녀는 나의 메마른 대지에 비가 되어 주었네.
그녀는 나의 녹는 눈에 봄이 되어 주었네.
그녀가 가는 곳마다 나의 천둥도 뒤따라 갔네.

내 강물은 결국 아무데도 가지 못했네.

○

이제 난 당신에게 죽음에 대해 이야기를 하려 합니다. 아름다운 이야기니까 이걸 듣고 너무 슬퍼하지는 말아요.

가을이 오고 있을 때였죠. 난 산으로 가는 오솔길을 따라 걷고 있었어요. 환하게 빛나는 햇빛이 잎새들에게 너무나도 멋진 빛깔을 입혀 주었죠. 시냇물은 바위 틈새로 천천히 넘실거리며 작별의 노래를 불렀고, 새들도 이 계절이 끝나가고 있음을 내게 알려 주었어요.

그렇지만 그 풍경 속엔 슬픔이라곤 전혀 없었어요. 왜냐하면 그 모든 것은 과거에도 그러했고 지금도 그러하고 앞으로도 영원히 그럴 테니까요. 당신도 알다시피, 자연은 누구와도 싸우는 법이 없잖아요. 죽을 때가 되면 기쁨도 생기죠. 낡은 것이 죽음으로써 새로운 생명의 순환이 시작되니까요. 그래서 모든 단계마다 기쁨이 있게 마련이죠.

난 계속 오솔길을 따라 걸었죠. 난 그곳에서 마지막 춤을 위한 성대한 준비가 한창 벌어지고 있는 걸 보았어요.

황금빛 아스펜 나무 줄기에는 죽어 가는 나비 두 마리가 있었어요. 나비들은 날개를 천천히 접었다 폈다 하면서 숨을 가쁘게 몰아쉬고 있었죠. 햇빛이 따스이 비추는 가운데 두 마리 나비는 마지막 춤을 추기 시작했어요. 시냇물이 들려주는 느린 음악과 바람의 부드러운 음성도 그들이 아름답게 죽을 수 있도록 도와 주었죠. 나비들은 조금도 죽음을 두려워하지 않았답니다. 그들은 태양이 땅속으로 숨어 어두워질 때까지 계속 춤을 추었어요. 그리고 마침내 대지의 품으로 돌아가 대지의 자양분이 되었죠.

다시 봄이 왔을 때 난 상큼한 푸른빛을 띤 아스펜 나무 줄기에서 새로운 나비 한 쌍을 보았어요. 나비들은 함께 춤을 추고 있었죠. 그것은 짝짓기 춤이었어요. 순수하고 새롭게 다시 태어난 시냇물은 빠르게 흐르며 노래를 불렀죠. 그 노래는 바로 나비들에게 불러 주는 생명의 탄생곡이었답니다.

○

나는 천지사방天地四方을 대지에
둘러싸인 채 살아왔어.
대지는 온통 나를 감싸고 있지.
내 머리 위에서 내 발 밑에서,
그리고 동서남북에서도.
나의 집은 대지
나의 집은 내 어머니.
내가 죽으면
집도 나의 뒤를 따르고,
내가 죽으면
나의 집이 나를 온통 에워싸지.
나의 집은 대지
나의 집은 죽음의 친구.

○

자넨 내게 말하지.
과거 속에 살고 있는 노인이여,
흘러간 노래를 부르는 노인이여,
깨어 일어나 있는 그대로의 세상을 보세요.

난 자네에게 말하지.
정처 없는 젊은이여,
소음만을 들어온 젊은이여,
세상은 내 안에서 커가고
난 세월과 함께 풍요로워진다오.

○

내 아버지들이 들소와 함께 가 버렸으니
이제 누가 나를 가르쳐 주리요?
내가 알고 싶은 때가 있다 한들
누가 내게 말을 해주리요?
바른 길을 가도록 내 여행길의
이정표를 누가 알려 주리요?
세월은 내 아버지들을
덮어 버리는 무정한 구름.
아버지들이여, 고이 잠드소서.
이제 나 홀로 길을 찾아 나서겠나니.

○

나 젊어서는 아무것도 몰랐지.

나 비록 키는 컸어도 다 자란 것은 아니었지.

어느 날 난 산으로 갔어,

나의 작은 죽음을 위해.

이건 우리 부족 사람들이

정화를 위해 치르는 의식이지.

난 입을 벌리고 소리를 크게 질렀어.

내 절규는 바람을 타고 멀리멀리 흩어졌어.

내 눈이 아무것도 보지 못하자

태양은 나의 무지無知를 눈감아 주었어.

내 귀가 정적만을 감지하자

강물은 나를 노래 속으로 빠뜨렸지.

내 손이 공기를 멈추어 세우자

불은 나를 삼켜 버렸어.

마침내 난 무無로 환원되었지.

그리고 어느 날 난 눈을 떴어.

바람은 내게 진실을 말하라고 일러 주었어.

나는 두렵다고 말했지.

태양은 이치를 깨달으라고 말해 주었어.

난 변화하고 있는 마을을 보았어.

강물은 음악 소리에 귀 기울이라고 말했어.

난 우리 부족 사람들의 웃음 소리를 들었어.

불은 따뜻함을 느껴 보라고 말했어.

난 아이들을 품에 안았지.

영혼은 네 자신의 존재를 알라고 말했어.

난 이렇게 대답했지.

"나는 사나이다."

○

어떻게 네게 인생을 말해 주어야 할까?
그것은 어렵게 얻어지는 아름다운 것이야.
그것은 변장과 사술詐術 속에 감추어진 것이고
더러는 웃음 속에 숨어 있기도 하지.
어떻게 네게 인생을 말해 주어야 할까?
그것은 무어라 말해 줄 수 있는 게 아니야,
자신의 인생은 자신만의 것이기에.
우리의 인생은 한 그루 나무.
같은 뿌리에서 났으면서도
가는 길은 저마다 다른 것.

○

우리 부족 사람들은 많은 것이 모여 하나가 되었어.

그들에겐 수많은 목소리가 있지.

그들은 다양한 존재로서 무수한 삶을 살아왔어.

곰이나 사자, 독수리, 바위, 강

혹은 나무였을 수도 있어.

이 모든 존재들이 그들 안에 있는 거야.

그들은 마음 내키는 대로 언제든지

원하는 존재가 될 수 있어.

어떤 날에는 나무가 되어서 좋지

사방을 한눈에 둘러볼 수 있으니까.

어떤 날에는 바위가 되어서 좋아

아무것도 안 보고 아무 말도 안 해도 되니까.

어떤 날에는 사자가 되어

죽기 살기로 싸우기도 하지.

그러다가 독수리가 되기도 해.

땅 위의 삶이 너무나 고단해져

훨훨 날아가고 싶을 때면 말이야.

그러면 세상이 얼마나 작은지 알게 되는 거야.

그리곤 한바탕 크게 웃고 집으로 돌아오지.

073

○

당신은 되돌아올 수 없어요.

당신은 여기서 살 수도 없지요.

우리의 길이 어제로 이어지는

다리橋라고 믿는다면 말입니다.

지금의 우리는 과거를 모아 놓은 것이 아닙니다.

현재는 과거와 다른 법이니까요.

우리가 아름다운 까닭은

모든 소중한 것들이

자연스레 우리를 찾아오기 때문이죠.

○

어두운 시간이란 없다오.
단지 사람들 눈에 톱밥이 들어가
앞이 제대로 안 보이는 것일 뿐.
그들은 끝없이 펼쳐진 대지를 바라보아도
문과 창 달린 건물만을 볼 뿐이고,
웅장하게 솟은 산을 보면서
이용할 궁리만 하지요.
그러니 광활한 하늘을 보면
달에 가는 방법만 생각하는 거죠.

어두운 시간이란 없다오.
비에 젖어 축축해진 모래처럼
잠시 색깔이 변한 순간만이 있을 뿐.
호박벌에 찔려 따끔한 고통을 느끼는
짧은 순간만이 있을 뿐.
총에 맞은 독수리의 추락처럼
잔인한 순간만이 있을 뿐.

어두운 시간이란 없다오.
가장 아름다운 시간이
약속되어 있지 않다면
내일은 오지 않을 테니까요.

○

백인들은 뭐가 문제인 줄 아세요?

그들은 뿌리가 없어요.

그들은 늘 자신들을 심으려고 하죠.

그렇지만 바람이 불면 곧 굴러가 버리고 말 거랍니다.

바퀴를 달고 태어난 사람들이니까요.

○

형제여,
그대가 무엇 때문에
우리를 적대시하는지 알고 있다네.
형제여,
그대는 우리가 우리 식대로
살 수밖에 없음을 깨닫지 못하고 있다네.
형제여,
그대는 다른 노래에 귀기울인 채
우리와 다른 춤을 추고 있다네.
형제여,
그대의 얼굴을 알지도 못하면서
어떻게 그대를 받아들일 수 있겠나.

○

나는 출발선 뒤로 추락하는
이 세계의 전진에서보다는
개미 한 마리의 여행에서
더 큰 생명력을 보았다.

○

백인들이 우리에게 하는 짓을 보면 일정한 방식이 있소.

처음에는 우리에게 필요도 없는 선물을 잔뜩 들고 찾아온다오. 그리고는 우리 땅을 사겠다며 우리 것도 아닌 땅을 팔라고 하는 거요. 땅이 어디 사람의 것이오. 땅이란 늘 여기 있는 것이고 우린 고마워하며 조심스럽게 쓸 뿐인데. 땅은 그저 땅일 뿐이지. 달이나 별처럼.

그러나 백인들이 볼 때 그건 미친 생각이나 다름없소. 그들에게 만물이란 다 이용되어야 하는 것이니까. 그래야만 가치를 지니게 된다는 거요. 그 때문에 우리 집들을 빼앗고 우리를 파괴시키려고 별짓을 다한다오. 동쪽에 있는 우리 형제들에게도, 서쪽에 있는 우리 형제들에게도 이런 일이 벌어졌소. 그러니 우리가 어찌해야 하겠소? 만약 싸운다면, 백인들은 우리 아이들을 교육시켜 주질 않소. 이제 우리에게 남은 거라곤 백인의 방식에 적응하는 데 필요한 교육뿐인데. 그렇다고 싸우지 않으면 그들은 사정없이 우리의 삶 속으로 파고들 거요.

이제 백인들은 우리의 성스러운 블루 레이크에서 흘러나오는 물을 갖고 싶어한다오. 그 물은 우리 땅을 통과해 푸에블로로 들어가고 있소. 우린 그 물로 목을 축이고 밥을 짓고 몸을 닦소. 또 농작물들에게 나누어 주기도 하지. 그 물은 우리가 가진 전부라고 할 수 있소. 백인들에겐 그것이 필요하지도 않소. 게다가 그 물은 너무 적어서 우리와 우리 아이들이 겨우 쓸 수 있는 정도요. 우리가 블루 레이크에서 흘러나온 물을 아주 귀하게 여긴다면 그 물은 영원히 흐를 텐데…….

백인들이 우리에게 블루 레이크를 돌려 주었을 때, 우리 중 몇몇 사람은 일이 여기서 끝나지 않을 거라고 했소. 백인들은 우리 땅을 포기해야 한다는 것 때문에 화가 나 있다고. 이 땅은 위대한 아버지가 우리들에게 여기 살라고 하셨을 때부터 우리 땅이었소. 하지만 사람들은 백인들이 새로운 수작을 꾸미며 이 땅을 빼앗아갈 거라고 걱정했소. 그리고 그 걱정은 현실로 나타났소. 만약 백인들이 우리 물을 가져가 버리면 우리에겐 뭐가 남겠소? 땅은 물이 없으면 아무 쓸모가 없는 것인데. 우린 말라 비틀어져 결국 죽고 말 거요.

이제 우리가 할 수 있는 건 그들 사이를 조용히 걸어다니며 침묵 시위를 하는 거라오. 그들은 온갖 무기를 다 가지고 있소. 우리에겐 우리의 믿음밖에 없소. 백인들이 우리 말을 들어줄 수도 있고 안 들어줄 수도 있소. 하지만 우린 강한 믿음을 가진 부족이오. 우리의 마음은 사람의 마음이 있어야 할 곳에 있소. 이곳에서는 만물이 올바른 자리에 존재하고 있소. 우린 함께 나아갈 거요. 그들은 결코 우릴 죽일 수 없소. 난 당신들 생각을 잘 알고 있소. 우리가 결국엔 당하고 말 거라고 생각한다는 걸. 도대체 어떻게 우리가 온 세상을 상대로 투쟁할 수 있겠소? 이런 위협은 오래 전부터 계속되었소. 그들은 온갖 감언이설로 우리에게 그들처럼 하얀 얼굴이 되라고 유혹해 왔소. 우린 정말 백인들의 집착을 이해할 수가 없소. 왜 우리를 변화시키려 하고, '이용'이란 명분을 세워 우리 땅을 차지하려 들고, 왜 우리 것도 아닌 생각을 우리 머릿속에 심으려 하는 건지 말이오.

어째서 우리를 조용히 내버려두지 않는 거요? 우리 부족은 수도 적고 땅도 넓지 않고, 값 나가는 물건도 갖고 있지 않소. 동부에서 시작된 저 거대하고 게걸스런 변화의 물결, 그 물결의 진로에 서 있었던 인디언 부족들은 차례로 없어지고 말았소. 그리고 아직도 다 끝난 것은 아니오.

백인들은 무릎을 꿇고 대지를 바라보는 법이 없소. 그들은 늘 높은 데서 내려다볼 뿐이오. 개미의 중요성 따위는 안중에도 없고 거미줄의 아름다움도 볼 줄 모르오. 그들에겐 땅이 돌아가는 것을 관찰할 여유도 없소. 귀뚜라미 울음 소리에 귀 기울이지도 않고.

어떻게 그처럼 다를까? 어떻게 금전과 물질이 우리를 행복하게 해준다고 믿을 수가 있는 걸까? 백인들은 입만 열면 우리에겐 더 많은 것이 필요하다고 말하오. 그것의 값을 치르려면 우린 우리의 영혼을 팔아야만 하오. 백인들이 그렇게 말하지는 않지만 우린 다 알고 있소. 지금까지 많은 부족들에게 그런 일들이 일어났으니까. 그 인디언들이 지금 어디 있는 줄 알고 있소? 그들은 다시 인디언이 되려고 하지만 당신도 알다시피 그들은 되돌아갈 수 없소. 그들에겐 이제 땅도 뿌리도 없으니까. 이것이 바로 우리가 그토록 힘겹게 싸우는 이유라오.

○

나는 당신을 기억합니다.
겨울 문턱 사이에서
시든 장미가 잠이 들 때.

나는 당신을 기억합니다.
윙윙거리는 벌레들이
새로 난 봄 이파리들을
어머니처럼 돌볼 때.

나는 당신을 기억합니다.
개구리의 볼멘소리가
여름날의 즐거운 노래가 될 때.

나는 당신을 기억합니다.
옥수수 자라는 소리가 들리고
내 인생이 아름다움으로 가득 찰 때.

○

나 이제 인생의 겨울을 맞이했노라.

그대와는 봄부터 함께 있었지.

그대는 혹시 기억하는가,

우리가 함께 보낸 가을이 어디 있는지.

○

그대와 나는 오랜 세월을 함께 보냈네.

이제는 헤어져야 할 것 같네,

또다시 함께 있기 위하여.

어쩌면 나는 바람이 되어

그대의 수면水面을 흐려 놓을지도 몰라,

그대가 너무 제 얼굴에 도취하지 않도록.

어쩌면 내가 별이 되어

그대의 힘겨운 날개짓을 도울지도 몰라,

그대가 한밤중에 길을 잃지 않도록.

어쩌면 나는 타오르는 불이 되어

그대의 생각들을 갈라 놓을지도 몰라,

그대가 희망을 포기하지 않도록.

어쩌면 난 비가 되어

대지를 활짝 열어 놓을지도 몰라,

그대의 씨앗이 잘 떨어질 수 있도록.

어쩌면 난 눈이 되어

그대의 꽃망울을 잠재울지도 몰라,

그대가 봄에 활짝 필 수 있도록.

어쩌면 난 시냇물이 되어

바위 위에서 노래를 부를지도 몰라,

그대가 혼자여도 쓸쓸해하지 않도록.

어쩌면 난 처음 보는

새로운 산이 될지도 몰라,

그대가 언제든지 쉴 수 있도록.

○

나는 여자입니다.
하늘의 절반을 떠받치고 있죠.
나는 여자입니다.
대지의 절반에 자양을 주지요.
나는 여자입니다.
무지개는 내 어깨를 어루만지고
우주는 내 두 눈을 에워싸지요.

○

하늘을 향해 얼굴을 쳐든

산의 여인이여,

죽어 버린 모든 별들을 위하여

눈물을 뿌리던 젊은 날의 너는

늙은 별의 환생에 대해 무엇을 알고 있는가?

자애로운 태양의 손길을 기다리는

달의 슬픈 얼굴이 그대의 얼굴을 응시하며

고독에 대해 무엇을 말해 주던가?

그대의 가슴을 짓누르고

그대의 살갗을 트게 한 바람이

무슨 노래를 불러 주던가?

그대의 발 아래로 대지가 푸르러가고

그대의 두 눈에서 강물이 흐르던 긴 세월 동안

누가 그대의 벗으로 남아 있던가?

태양을 향해 얼굴을 쳐든

산의 여인이여,

그대의 굳은 육신을 부수어

내 몸으로 만드는 시간의 관대함을

언제쯤 이해할 수 있는가?

○

내 시선이 머무는 곳마다

당신을 봅니다.

겨울로부터 몸을 감추려는 듯

자꾸만 얼음을 더해가는 고요한 연못,

당신은 그 속 깊숙이 숨은 수줍은 물입니다.

무수한 새알鳥卵과 계절이 오가는 동안

천천히 지어진 참새의 보금자리,

당신은 봄의 어머니입니다.

산꼭대기에서 아래로 아래로

불 붙듯 피어나는 여름꽃들,

당신은 야성적이고 감성적인 무희舞姬입니다.

소멸하는 잎새들과 다투는 가을 바람,

당신은 내년을 기약하는 예언자입니다.

나이 들어 눈앞은 침침해지지만

이처럼 당신은 내 마음의 풍경이 되었습니다.

○

늙은 여인이여,
그건 당신입니다.
내 영혼의 눈이 아니면
당신을 볼 수 없었을 때조차도
그건 당신이었습니다.

늙은 여인이여,
난 당신과 함께 보았습니다.
죽은 나무가 생명을 되돌려 받고
한겨울의 냇물이 봄을 향해 박차오르고
산들이 먼길을 떠나며 시작을 말하는 걸.

늙은 여인이여,
난 당신과 함께 깨달았습니다.
저 높은 곳의 평화와
바람에 몸을 움츠리면서도
태양에게 수줍게 고개를 숙이는
꽃들의 비밀을.

늙은 여인이여,
언제나 자그마한 것들 속에는
당신이 있었습니다.
마치 모든 자연 속에
당신의 생각이 녹아 있는 듯.

그래서 난 바위와 무지개,
키 큰 나무와 나비들로부터
배움을 얻었습니다.
늙은 여인이여,
당신은 거기 있었습니다.
홀로 자유로이 날고 있는 독수리 속에,
거친 들에서 보았던 사슴의 두 눈 속에.

늙은 여인이여,
나를 일깨워 주고
내 삶을 한층 풍요롭고 충만하게 해준
모든 좋은 일들 속에는
당신이 있습니다.
왜냐하면 당신이 나와 함께해 주었기에.

○

그대가 좋아하는 것을 꼭 지키십시오,

비록 그것이 한 줌의 흙일지라도.

그대가 믿는 것에 기대십시오,

비록 그것이 홀로 서 있는 나무일지라도.

그대가 해야 할 일을 꼭 하십시오,

비록 그것이 먼길을 떠나야 하는 일일지라도.

그대의 삶을 포기하지 마십시오,

비록 그것을 놓아 버리는 게 더 쉬울지라도.

그리고 그대여,

내 손을 꼭 잡으십시오,

나 여길 떠나 그대 곁에 없을지라도.

MANY WINTERS

○

Many winters I have lived
Ever since the beginning of time
When the first snow fell
Covering the tired earth
Which played with endless summer.
Many winters I held the water captive
On the tops of many mountains
Still warm from the earth's beginning
When the moon and the sun gave the birth
To one full circle of beauty.
Many winters I blew the stars around
So that the place where each star fell
Was where a river grew
Taking as its course to the sea
The path of the winter sun.
Many winters the trees slept with me
And the animals walked on my breast
Just as the birds drew near
Seeking warmth from my fire
Which took the sting from the night.
Many winters I have been
Companion to the lonely moon
Chasing after the raging sun
Which listened to our song of thanks
Before releasing earth from winter.
Many winters I have lived

Ever since the beginning of time
When out of the melting snow
Came the first frail flower which said
I am the spirit of spring.

◯

The tree in winter is like
The lines upon my father's face
Or like the paths I tried to take
When I was young searching
For one clear way to understanding.
In every branch I found
A smaller branch leading me
Toward many ends and many sorrows.
Too fragile to bear my weight,
All my branches broke
And I fell to the earth confused.
I saw the tree in winter
Reaching toward the sky
With bare branches tangled
Like so many paths and yet
Each path had a purpose,
Leading back to the roots of the tree.

○

You shall ask

What good are dead leaves

And I will tell you

They nourish the sore earth.

You shall ask

What reason is there for winter

And I will tell you

To bring about new leaves.

You shall ask

Why are the leaves so green

And I will tell you

Because they are rich with life.

You shall ask

Why must summer end

And I will tell you

So that the leaves can die.

○

Old Man Winter blew in on a cloud from the north

And lay down on the mountaintops

Covering them with snow.

His fingers reached down to the valleys below

Stealing the leaves from the trees.

His hands closed around the water

Gripping it with ice.

His breath roared out from his lips

Stopping all streams at their source.

The feet of Old Man Winter walked upon the earth

Freezing all the grass.

When he was through

Old Man Winter curled up and went to sleep

Drawing into himself

All beasts

All land

All men.

○

The earth is all that lasts.

The earth is what I speak to when

I do not understand my life

Nor why I am not heard.

The earth answers me with the same song

That it sang for my fathers when

Their tears covered up the sun.

The earth sings a song of gladness.

The earth sings a song of praise.

The earth rises up and laughs at me

Each time that I forget

How spring begins with winter

And death begins with birth.

○

When I look at ugliness, I see beauty.

When I am far from home, I see my old friends.

When there is noise, I hear a robin's song instead.

When I am in a crowd, it is the mountain's peace I feel.

In the winter of my sorrow, I remember the summer of my joy.

In the nighttime of my loneliness, I breathe the day of my thanksgiving.

But when sadness spreads its blanket and that is what I see,

I take my eyes to some high place until I find

A reflection of what lies deep inside of me.

○

Now this is what we believe.

The mother of us all is earth.

The Father is the sun.

The Grandfather is the Creator

Who bathed us with his mind

And gave life to all things.

The Brother is the beasts and trees.

The Sister it that with wings.

We are the Children of Earth

And do it no harm in any way.

Nor do we offend the sun

By not greeting it at dawn.

We praise our Grandfather for his creation.

We share the same breath together —

The beasts, the trees, the birds, the man.

○

The land here is peaceful.

It is bathed in golden light which smoothes out

The edges of harshness so that everything is right.

With the sun always in our eyes we have a lazy vision which

Finds fault only on cloudy days.

Even in winter the land is soothing.

It rises and falls so gently that

Our eyes grow heavy following it to the horizon.

Here and there the sleeping trees reach out to the sky.

Here and there are our fields and horses, sleeping, sleeping.

Is it any wonder that we love the land the way we do?

We dance to the beat of it and perceive its rhythm as our own.

○

When the hand of winter gives up its grip to the sun

And the river's hard ice becomes the tongue to spring

I must go into the earth itself

To know the source from which I came.

Where there is a history of leaves

I lie face down upon the land.

I smell the rich wet earth

Trembling to allow the birth

Of what is innocent and green.

My fingers touch the yielding earth

Knowing that it contains

All previous births and deaths.

I listen to a cry of whispers

Concerning the awakening earth

In possession of itself.

With a branch between my teeth

I feel the growth of trees

Flowing with life born of ancient death.

I cover myself with earth

So that I may know while still alive

How sweet is the season of my time.

○

The skin of the earth
covers its imperfections
Just as my face conceals
my vast uncertainty.
In the dry cracks of the earth
I find that it has bled
Just as my spirit has bled
from the injuries of man.
The earth has healed itself
through time moving across
its tortured face of skin.
But what shall heal me except
the sun which makes cracks in my face
so that I can come together with my land.

○

With these hands I have held
a bird with a broken wing.
With these hands I have touched
my children in the sun.
With these hands I have made
a house of living earth.
With these hands I have worked
a field of growing corn.
With these hands I have learned to kill
As much as I have learned to live.
These hands are the tools of my spirit.
These hands are the warriors of my anger.
These hands are the limitations of my self.
These hands grow old and feel
unfamiliar walls
As they reach out to find
the world I used to know.

○

Reaching back from here
All that I remember of my life
Are the great round rocks and not
The unimportant stones.
I know that I experienced pain and yet
The scars have healed so that
I am like the tree covering itself
With new growth every year.
I know that I walked in sadness and yet
All that I remember now
Is the soothing autumn light.
I know that there was much to make my life unhappy
If I had stopped to notice how
The world sings a broken song.
But I preferred to dwell within
A universe of fields and streams
Which echoed the wholeness of my song.

○

When daylight shuts her eyes
And the sky is fast asleep,
The moon comes up with half a face
And the stars put holes in the night.

○

I am growing older knowing

That my disappearing youth

Hides itself in my uncertain wisdom

Growing younger all the time.

○

You are my children of laughter.

For you the moon will change its face.

For you the rainbow will rise full circle.

You are my children of hope.

For you the path will bend its destination.

For you the earth will forsake dry seasons.

You are my children of freedom.

For you the eagle will share its wings.

For you the wind will travel day and night.

You are my children of beauty.

For you the bird will give up its song.

For you the snow will fall with flowers.

○

All of my life is a dance.

When I was young and feeling the earth

My steps were quick and easy.

The beat of the earth was so loud

That my drum was silent beside it.

All of my life rolled out from my feet

Like my land which had no end as far as I could see.

The rhythm of my life was pure and free.

As I grew older my feet kept dancing so hard

That I wore a spot in the earth

At the same time I made a hole in the sky.

I danced to the sun and the rain

And the moon lifted me up

So that I could dance to the stars.

My head touched the clouds sometimes

And my feet danced deep in the earth

So that I became the music I danced to everywhere.

It was the music of life.

Now my steps are slow and hard

And my body fails my spirit.

Yet my dance is still within me and

My song is the air I breathe.

My song insists that I keep dancing forever.

My song insists that I keep rhythm

With all of the earth and the sky.

My song insists that I will never die.

○

Today is a very good day to die.

Every living thing is in harmony with me.

Every voice sings a chorus within me.

All beauty has come to rest in my eyes.

All bad thoughts have departed from me.

Today is a very good day to die.

My land is peaceful around me.

My fields have been turned for the last time.

My house is filled with laughter.

My children have come home.

Yes, today is a very good day to die.

○

My child, tomorrow's dawn sill come up black

If there is rain behind your eyes.

The sun will bear the sky's dark fruit

If there is a shadow on your smile.

The smoke will never follow you

If your back is wet with fear.

The trees will not answer you

If your song is one of complaining.

You can see the dreams we had broken like our arrows

Or you can see the paths we took covered with many sorrows.

But if the earth lives inside of you

And you nourish her roots with your blood

Then you will grow as tall as the trees

And the moon will smile at your courage.

○

If I had known before

All the things I know today

I would have begun my life

As an old man tricked

By old men telling me

There was nothing to fear except

Leaving my youth behind.

What would have been the fun of that?

What home would my mistakes have had?

It is better this way.

Now I can wish

For my youth to come back

Just so I can tell it how

Old age is nothing but remembering

How rich the green fields looked

Despite the lack of rain.

○

In the distance of my years I cover myself with time
Like a blanket which enfolds me with the layers of my life.
What can I tell you except that I have gone
nowhere and everywhere?
What can I tell you except that I have not begun
my journey now that it is through?
All that I ever was and am yet to be
lies within me now this way.

There is the Young Boy in me traveling east
With the Eagle which taught me to see far and wide.
The Eagle took his distance and said,
There is a Time for Rising Above
So that you do not think
Your small world too important.
There is a time for turning your vision toward the sky.

There is the Young Girl in me traveling west
With the Bear which taught me to look inside.
The Bear stood by himself and said,
There is a Time for Being Alone
So that you do not take on
The appearance of your friends.
There is a time for being at home with yourself.

There is the Old Man in me traveling north
With the Buffalo which taught me wisdom.

The Buffalo disappeared and said,

There is a Time for Believing Nothing

So that you do not speak

What you have already heard.

There is a Time for Keeping Quiet.

There is the Old Woman in me traveling south

With the Mouse which taught me my limitations.

The Mouse lay close to the ground and said,

There is a Time for Taking Comfort in Small Things

So that you do not feel

Forgotten in the night.

There is a Time for enjoying the Worm.

That is the way it was.

That is the way it shall continue

With the Eagle and the Bear

With the Buffalo and the Mouse

In all directions joined with me

To form the circle of my life.

I am an Eagle.

The small world laughs at my deeds.

But the great sky keeps to itself

My thoughts of immortality.

I am a Bear.

In my solitude I resemble the wind.

I blow the clouds together

So they form images of my friends.

I am a Buffalo.

My voice echoes inside my mouth.

All that I have learned of life

I share with the smoke of my fire.

I am a Mouse.

My life is beneath my nose.

Each time that I journey toward the horizon

I find a hole instead.

○

The hands that I remember

were of my father cutting down the tree

Asking forgiveness for its death.

The hands that I remember

were of my mother showing me

The purpose of a flower.

The hands that I remember

were of my brother killing rabbits

So he might later kill the deer.

The hands that I remember

were of my sister digging earth

To discover a newborn tree.

The hands that I remember

were of my grandfather teaching me

The way to the mountain of my life.

○

Remember when our land smelled sweet? Remember when our corn was good? Remember when everything was rich and beautiful?
No. I do not remember that.

I think that television has ruined our imaginations.
I used to look at clouds and see eagles and lions.
Now I look at them and see automobiles.

My dog barks because he cannot speak.
My horse whinnys because he cannot laugh.
My sheep bleats because he cannot cry.
My rooster crows because he cannot boast.
But my cat just goes to sleep because
He is too old to complain.

○

Every winter my father rode his pony out to the buffalo. In those days they roamed freely. It was the Time of Taking Away however, and the buffalo did not last long.

After he killed a buffalo, my father would eat the warm liver raw. He liked the taste of it. Then my father would warm his hands inside the buffalo. After that he would skin the buffalo and cut up the meat. Nothing went to waste. He brought the meat home and hung it on that hook which is still in the ceiling.

We had plenty of meat all winter long. It did not cost anything. And we did not need a license either.

O

To be yourself is to be
Alone with the wind crying
When all that you ask for is
The warmth of a human fire.

○

We are not important.

Our lives are simply threads

Pulling along the lasting thoughts

Which travel through time that way.

O

We have always had a religion. We have always believed in God and worshiped Him in our own way. It was not untill the Spaniards came(in 1598) that we were told that God is a human being who lives up above the clouds somewhere. We were also told that there was a son of this god who came to live on the earth. He died in a horrible way to save us and that is why were supposed to worship him.

At that time, these ideas were strange. To us, God was in rocks and trees and sky everywhere. We had the sun as our father and the earth as our mother; the moon and the stars were our brothers. We had never seen God as a human being before until the Spaniards came. Then the friars in their long brown robes went around with crossed sticks and prayers and water which they poured on our heads. They told us that we belonged to their religion because they had just baptized us into it. Some of us mistook these friars for gods. Some of us resisted their religion because we were afraid of it. Some of us were beaten or put to death.

In the end we decided it did not make much difference what church there was on the outside. We have always had a church within ourselves. This is the one which counts. This is the one which will remain long after all of the outside churches have fallen down.

○

The rock strengthens me.

The river rushing through me

Cleanses

Insists

That I keep moving toward

A distant light

A quiet place

Where I can be

Continuous

And in rhythm with

The song of summer

That you have given me.

○

What can I do when I feel the world's harsh breath and know

That if I stay too long in its path

My path shall be burned up also.

I must go back to the land again

And find the eagle at home with the rock.

I must climb to the mountaintop

And find the spot where the river begins.

I must lie quietly beside the earth

And find the warmth of its heart.

I must turn my vision to the sky

And find the purpose of clouds.

Then trouble seems far away

And the breath which consumes all beauty

Has passed right over me.

○

I wandered as half a river

My waters going nowhere.

I wandered without a shadow

My body alone in the sun.

I wandered as a rootless tree

The earth not knowing me.

I wandered as a wingless bird

The sky forgetting me.

I was lightning with no thunder.

I was a flower with no rain.

I was a stranger to spring

And winter was home to me.

At last my summer came.

She was the moon to my setting sun.

She was the rain to my hungry earth.

She was spring to my melting snow.

Wherever she went there went my thunder also.

○

Now I will tell you a story about dying. It is a beautiful story and shuld not make you sad.

When autumn was coming, I went along the path to the mountain. The sun was shining brightly and gave to the leaves a gorgeous color. The stream danced slowly over the rocks and made a Song of Departure. The birds too were telling me that the season was coming to an end.

But there was no sadness anywhere because all was as it should be and had been and would be forever. You see, nature does not fight against anything. When it comes time to die, there is rejoicing. The new circle of life begins with the death of the old one and so there is a celebration on every level.

As I went along the path, I saw that there was much preparation and much in the way of the Last Dance also.

On the trunk of a golden aspen tree, there were two butterflies who had come to die. Their wings folded and unfolded slowly. It was hard for them to breathe. As the sun warmed them, the butterflies began to dance with one another. It was their Last Dance. The slow music of the stream and the gentle voice of the wind gave them something beautiful to die to. The butterflies were not afraid either. They danced untill the sun fell into the earth for the night. Then they fell into the earth and nourished it.

When spring came again, I noticed that on the trunk of the fresh green aspen tree there were two new butterflies. They were dancing with one another. It was a Mating

Dance. The stream was swift and pure and new again. The song it made for the butterflies was a Song of Beginning Life.

○

I have lived surrounded by the earth on six sides.

It is all around me.

It is above my head and beneath my feet.

It is in four directions also.

My house is made of the Earth Itself.

My house is a mother to me.

When I die, My house will come with me

When I die, My house will surround me on six sides.

My house made of the Earth Itself

Is a house of Death's Companion also.

○

You say to me,

Old Man who dwells in last year,

Old Man who sings old songs,

Wake up and see

The world as it really is.

I say to you,

Young Man who lives nowhere,

Young Man who hears only noise,

The world has grown within me

And I am rich with years.

Who will teach me now that my fathers

Have gone with the buffalo?

Who will tell of times I wish I knew?

Who will direct my journey

So that I will come out right?

The years are clouds which

Cover my ancestors.

Let them sleep.

I shall find my way alone.

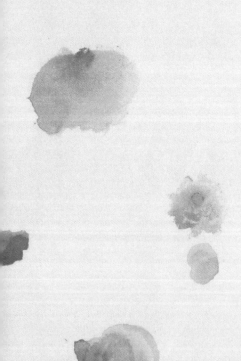

○

When I was young I did not know anything.

Although I was very tall, I had never grown.

So one day I went to the mountain

To die a little death.

This is the way of my people

In order to become purified.

My mouth opened and my cry fell

On the wind which blew it away.

My eyes saw nothing and so

The sun blinded my ignorance.

My ears heard only silence and so

The river drowned me in song.

My hands stopped the air and so

The fire fed upon me.

At last I was reduced to nothing.

Then one day I woke up.

Speak the truth said the wind

And I said I am afraid.

See the reason said the sun

And I saw my village changing.

Listen to the music said the river

And I heard my people laughing.

Feel the warmth said the fire

And I held my children in my arms.

Know what you are said the spirit

And I said I am a man.

O

What can I tell you of life?

It comes hard-earned and beautiful.

It comes disguised and tricked.

It comes with laughter too.

What can I tell you of life?

Nothing.

My version of it is my own.

It does not belong to you.

Like trees, we have our common roots.

But our growth is very different.

○

My people are a multitude of one.

Many voices are within them.

Many lives they have lived as various Beings.

They could have been a bear, a lion, an eagle or even

A rock, a river or a tree.

Who knows?

All of these Beings are within them.

They can use them any time they want.

On some days it is good to be a tree

Looking out in all directions at once.

On some days it is better to be a rock

Saying nothing and blind to everything.

On some days the only thing to do is

To fight fiercely like a lion.

Then, too, there are reasons for being an eagle.

When life becomes too hard here

My people can fly away and see

How small the earth really is.

Then they can laugh and come back home again.

○

You cannot go back.
You cannot live here believing that
Our way is the bridge to yesterday.
Now is not the way it was.
Now is beautiful because
Everything that mattered
Has found its way to us.

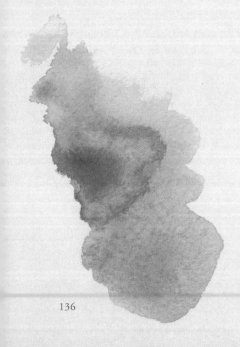

○

There are no dark times.
There are only people with
sawdust in their eyes.
No wonder they look at
the great rolling land and see
only doors and windows.
No wonder they look at
the tall mountains and see
only a way to make them tame.
No wonder they look at
the endless sky and see
only a journey to the moon.
There are no dark times.
There are only moments which
are discolored like
sand which is wet with rain.
There are only moments which
give pain like
the sting of a bumblebee.
There are only moments which
are as cruel as
the death of an eagle by a gun.
There are no dark times.
I know this because
Tomorrow receives the best in time
Or else it would not come.

○

Do you know what is wrong with the white people?

They have no roots.

They are always trying to plant themselves and yet

They will blow away in the wind because

They are born with wheels.

○

Brother, you fight against me.

Brother, you do not see that we cannot live

Except as what we are.

Brother, you have listened to a different song.

You have danced a different dance.

Brother, how can I hold you to me now

When I do not know your face?

○

I have found more to life
In the travels of an ant
Than in the progress of the world
Which has fallen far behind
The place it started from.

○

What the white man does to us follows a pattern.

First they come to us offering presents which we do not need. Then they offer to buy our land which is not ours to sell. The land does not belong to anyone. It was put here to be thanked and used gently. The land belongs to itself, just like the moon and the stars.

But to the white man such an idea is crazy. To him, everything has to be used up. Then it is worth something. That is why they will do anything to take our homes and destroy us. All of our brothers to the east had this happen and many of our brothers to the west also. What can we do? If we fight, they will not educate our children to their way which is all we are left with now. If we do not fight, they will help themselves to our life.

This time the white man wants our water which flows out of our sacred Blue Lake. If flows through our land down into the pueblo where we use it for drinking and cooking and washing. It nourishes our crops as well. It is all we have. The white man does not need it. It is so small anyway, just enough for us and for our children. We have been careful with the water which flows from Blue Lake and it will last forever.

When the white man gave Blue Lake back to us, some of us said, it will not end here. The white man is angry because he has had to give up this land which was ours to begin with, ever since we were put here as a people by the Great Father. We said, the white man will think of some new way to get what he wants. And now that has happened.

If the white man takes our water, what do we have left? The land is no good without it. And we will shrivel up and die.

What we have to do now is walk quietly among them. They have every weapon there is. We have only what we believe. Perhaps they will listen to us. Perhaps they will not. But we are a people of strong beliefs. Our hearts are where they should be. Everything is in place here. We are going on together. They cannot kill us.

I know what you think. That we will be swallowed up. What are we that we can possibly hold out against the world? It has been coming at us a long time, coaxing us to put on white faces so that we will all look alike. We cannot understand this obsession to change us, to put our land to what is called use, nor to make us think thoughts which are not our own.

Why can't we be left alone? There are so few of us and our lands are not vast nor do we possess anything of value to them. Every time a tribe has been swallowed up it is because they have stood in the way of a great devouring tide which began in the east and is not through yet.

The white man will not get down on his knees to look at the earth. He views if from up above. He does not see the importance of ants. He does not see the beauty of a spider's thread. He is never there to watch the earth turning over. He does not care to know how the cricket sounds.

How can we be any different? How can we go around pretending that money and possessions will make us happy? All the time the white man tells us we need more things. To pay for them, we would have to sell our spirit. They do not tell us that, but we know it to be true because it has happened to many tribes. Where are they now? Trying to be Indians again. But you know they cannot go back. They are without land. They are without roots. That is why we fight so hard.

○

I remember you when
The tame rose sleeps
Between the jaws of winter.
I remember you when
The humming insects mother
The newborn leaves of spring.
I remember you when
The argument of frogs becomes
The laughing song of summer.
I remember you when
I hear my corn begin to grow
And beauty crowds my life.

○

Here I am in the winter of my years
Having lived with you since spring and yet
Where did autumn go?

○

A long time I have lived with you

And now we must be going

Separately to be together.

Perhaps I shall be the wind

To blur your smooth waters

So that you do not see your face too much.

Perhaps I shall be the star

To guide your uncertain wings

So that you have direction in the night.

Perhaps I shall be the fire

To separate your thoughts

So that you do not give up.

Perhaps I shall be the rain

To open up the earth

So that your seed may fall.

Perhaps I shall be the snow

To let your blossoms sleep

So that you may bloom in spring.

Perhaps I shall be the stream

To play a song on the rock

So that you are not alone.

Perhaps I shall be a new mountain

So that you always have a home.

○

I am a woman.

I hold up half of the sky.

I am a woman.

I nourish half of the earth.

I am a woman.

The rainbow touches my shoulders.

The universe encircles my eyes.

◯

Woman of the mountains

Lying face up to the sky

What do you know of old stars born

When you were young

With raindrops forming tears

For all the stars which died.

What has the moon told you of loneliness

With its sad face fixed on yours

Waiting forever to be touched

By the mothering sun.

What song does the wind play for you

As it lingers on your breast

And hollows out the softness of your thighs.

Who has kept you company through the ages

As the earth turned green beneath you

And the river flowed from your eyes.

Woman of the mountains

Lying face up to the sun

When will you know

The generosity of time

To crumble your unmoving body

Into mine.

O

Wherever my eyes fall
I see you everywhere.
In the still pond gathering ice
To conceal itself from winter
You are the deep shy water.
In the slow built sparrow's nest
Of infinite eggs and seasons
You are the mother to spring.
In summer flowers bursting
Down from the mountaintop
You are a wild and fragile dancer.
In the autumn wind at odds
With the disappearing leaves
You are the promise of next year.
Wherever my eyes fall
I see you everywhere.
You have thus become my vision
As my eyes go blind with years.

○

Old Woman,

It is you.

It was you even when

I did not see you except

In the eyes of my spirit.

Old Woman,

With you I saw

The dead log giving life

And the mid-winter stream

Rippling up for spring and

The mountains a long way off

Telling us of beginnings.

Old Woman,

With you I knew

The peace of high places

And the meaning of a flower

Curled up against the wind

Or leaning toward the sun.

Old Woman,

In small things always

There was you as if

All nature contained your thoughts and so

I learned from rocks and rainbows

Tall trees and butterflies.

Old Woman,

There was you in the eagle

Flying free and lonely

And in the eyes of a deer

I saw once in an untamed place.

Old Woman,

There is you in all good things

That awaken me and say

My life was richer, fuller

Because you lived with me.

○

Hold on to what is good
even if it is
a handful of earth.
Hold on to what you believe
even if it is
a tree which stands by itself.
Hold on to what you must do
even if it is
a long way from here.
Hold on to life even when
it is easier letting go.
Hold on to my hand even when
I have gone away from you.

Nancy Wood

두 마음의 만남

미국의 문학비평가인 클린스 브룩스Cleanth Brooks는 시의 내면적 구조를 강조하여 훌륭한 시를 잘 빚어 놓은 항아리에 비유한 바 있지만, 역자는 좋은 시가 잘 지은 밥과 유사한 점이 많다고 생각한다. 생쌀은 복잡한 글루코오스 결정 구조를 가진 녹말이 주성분이다. 여기에 물이 스며 들어가 그 밀집 구조를 파괴하여 느슨한 구조로 바꾼다. 바로 이 느슨한 구조 때문에 잘된 밥은 부드러워 씹기도 쉽고 또 우리의 혀가 맛있다고 느끼며, 아울러 소화액이 쉽게 스며 들어 체내에 잘 흡수된다. 여기서 굳이 비유를 해보자면 생쌀은 이 세상이고, 생쌀의 복잡한 구조를 느슨한 구조로 변형시키는 것은 시인의 눈 혹은 마음이며, 잘 지어진 밥은 훌륭한 시라고 할 수 있을 것이다.

여기에 번역한 낸시 우드의 푸에블로 시편은 대지의 노래, 순환의 노래, 여자의 노래라는 세 가지 범주로 나누어 볼 수 있다.

대지의 노래에는 해, 달, 겨울, 봄, 짐승과 나무, 나비 등이 등장하는데, 그것이 단순한 사경寫景에 그치지 않고 해/역사, 달/신화, 겨울/죽음, 봄/생명, 짐승과 나무/남성, 나비(혹은 날개 달린 것)/여성으로 빗대어져 있어 무한한 정취를 자아내고 있다. 특히 28쪽의 시는 정경합일情景合一을 완벽하게 이루어낸 절창이 아닌가 한다.

순환의 노래는 겨울 다음에 봄이 오고 죽음 다음에 생명이 온다는 주제를 여러 자연물에 의탁하여 설명하고 있다. 30쪽 시와 34쪽 시에서 보이는 자식들에 대한 지극한 사랑이나 죽음을 달관한 자세는 이런 순환에 대한 믿음을 잘 보여주는 가편佳篇이다.

마지막으로 여자의 노래는 대지와 순환이라는 두 주제 사이에서 하나의 간주곡으로 기능하고 있다. 삶과 죽음, 낮과 밤, 봄과 겨울이 무수히 순환하는 이 대지(우주)를 남성 이미지와 여성 이미지로 파악하여 그 힘의 절반이 여자에게서 나온다는 주장인데, 이것은 40쪽 시와 87쪽 시에 잘 드러나 있다.

이상과 같은 함의含意를 염두에 두고 서시에 해당하는 9쪽 시와 마지막 93쪽 시를 읽어 보면 전자의 나무, 새, 한기, 겨울, 봄의 정령 그리고 후자의 흙과 나무, 먼길 떠나기, 손 꼭잡기 등의 시어는 위에서 언급한 세 가지 범주를 잘 아우르고 있음을 알 수 있다. 또한 첫 시편에서 마지막 시편에 이르기까지 낸시 우드의 시편들은 크게 한 바퀴 돌아 시작한 곳으로 되돌아오고 있음을 알 수 있다.

이처럼 크게 원을 그리는 세 가지 노래의 내면적 힘은 아마도 8백 년 동안 타오스 인디언의 집단 무의식 속에서 고도로 순화되어 온 원시적 생명력에서 나오는 것이 아닌가 한다. 그것은 '햇님이 수줍게 눈을 감으면 별들은 밤의 궁륭에 구멍을 뚫는' 힘이기도 하다. 바로 이것이 잘 지어진 밥과 같은 좋은 시를 만들어 내는 원동력이 되고 있다.

시인은 서문에서 '언어의 경계를 뛰어넘는 표현'이라는 말을 하였는데, 이것은 "좋은 시는 눈앞의 풍경을 그리면서도 뜻은 말 밖에 있어 말은 끝나도 그 맛은 끝나지 않는다"고 한 익재益齋 이제현李齊賢의 시론과 같은 경지라고 생각된다. 시인의 마음과 독자의 마음이 말 바깥에서 만나 이심전심으로 느끼는 진솔한 감동, 이 시집은 바로 그러한 감동적 만남을 주선하고 있다.

이종인

바람은 내게
춤추라 하네

1판 1쇄 인쇄 2016년 2월 10일
1판 1쇄 발행 2016년 2월 15일

지은이 낸시 우드
옮긴이 이종인

발행인 양원석
본부장 김순미
책임편집 최경민
디자인 RHK디자인연구소 조윤주, 김미선
본문 일러스트 김수로
해외저작권 황지현
제작 문태일
영업마케팅 이영인, 양근모, 정우연, 이주형, 김민수, 장현기, 이선미

펴낸 곳 ㈜알에이치코리아
주소 서울시 금천구 가산디지털2로 53, 20층 (가산동, 한라시그마밸리)
편집문의 02-6443-8825 **구입문의** 02-6443-8838
홈페이지 http://rhk.co.kr
등록 2004년 1월 15일 제2-3726호

ISBN 978-89-255-5847-9 (03840)